UN NOBEL A   DAVOS

Joaquin Ruiz

UN NOBEL A DAVOS

Davos, 24 janvier 2014, 15 heures.

Sarah Goldstein, 79 ans, prix Nobel de chimie en 1995 « *pour ses travaux sur la chimie atmosphérique, en particulier concernant la formation et la décomposition de l'ozone* », s'apprête à prendre la parole , lors du « 44° World Economic Forum » en séance plénière.

537 personnes, les sommités mondiales de l'économie, de la finance et de la politique, vont l'écouter sur le thème : « Le rôle possible de la recherche fondamentale dans la protection de l'environnement et la lutte contre la malnutrition. »

Mais sa conférence ne se terminera pas comme prévu.

Avant d'en arriver là, sa vie n'avait pas été un long fleuve tranquille.

Ceux qui l'ont côtoyée s'en souviennent.

Chacun d'eux a conservé d'elle une facette.

L'ensemble de ces facettes permettra peut-être un jour de comprendre Sarah…

Joaquin Ruiz, après avoir été professeur agrégé de philosophie au Lycée du Mirail, a exercé le métier de psychiatre et de psychothérapeute à Toulouse.

Il a publié précédemment « Dits et interdits », « Scopies », et « Lecture de Spinoza ».

Jour J - 1

23 janvier 2014. Je n'avais jamais vu Davos.

La dernière fois où j'étais venue dans le canton des Grisons, c'était avec Nathan, avant la naissance d'Anna, en 1967. Nous avions imaginé tous les deux sur la carte un périple en Haute Engadine sur les pas de Nietzsche, autour de Sils Maria, après avoir visité les grands lacs italiens. Nous avions repéré tous les textes qui parlaient de cette région, tous les lieux, les hôtels, les lacs de Maloja au Sud-Ouest et de Silvaplana au Nord-Est, le rocher où il aurait eu la révélation de l'éternel retour, les sentiers, les pics, la vallée remontée tôt certains matins par ce fleuve majestueux de nuages qu'ils appellent « le serpent » et qui se faufile lentement à travers le col. Et nous avions ramené une tonne de photos de cet endroit magique.

« Lorsque Zarathoustra fut âgé de trente ans, il quitta son pays et le lac de son pays et s'en alla dans la montagne. Là il jouit de son esprit et de sa solitude et ne s'en lassa point durant dix années. Mais enfin son coeur se transforma, et un matin, il se leva avec l'aurore, s'avança devant le soleil et lui parla ainsi :

« Quel serait ton bonheur, ô grand astre ! si tu n'avais pas ceux que tu éclaires ?...

Voici ! je suis dégoûté de ma sagesse, comme l'abeille qui a recueilli trop de miel. J'ai besoin que des mains se tendent vers moi.

Je voudrais donner et distribuer, jusqu'à ce que les sages parmi les hommes redeviennent heureux de leur folie, et les pauvres, heureux de leur richesse.

C'est pourquoi je dois descendre dans les profondeurs comme tu fais le soir lorsque tu vas derrière la mer, portant ta clarté au monde souterrain, ô astre trop riche !

Je dois disparaître comme toi, me coucher, disent les hommes vers qui je veux descendre...

Zarathoustra veut redevenir homme. »

Ainsi commença le déclin de Zarathoustra. »

Tous les soirs, sur le balcon en bois de notre chambre, au dernier étage de l'hôtel Edelweiss, nous nous lisions à haute voix ces textes d' « *Ainsi parlait Zarathoustra* » : Nathan commençait à les lire en allemand, puis je tentais une traduction improvisée. Nous restions ensuite enlacés, immobiles, regardions le soleil rouge descendre derrière les crêtes, puis nous attendions en silence que le ciel ait viré au noir pour nous lever et descendre manger.

Ce lieu était unique. Il était vraiment habité par ce génie qui avait lancé tant de bouteilles à la mer comme autant de bouées de sauvetage dont les hommes n'avaient pas daigné se saisir, et lui seul nous redonnait espoir en l'humanité.

C'était à la veille de 1968.

Davos aujourd'hui c'est autre chose. Seuls points communs : une petite ville des Grisons, à l'extrême Est de la Suisse, juste à côté de l'Autriche, au fond d'une haute vallée, avec un lac tout au bout. La ville soi-disant la plus haute d'Europe disent les prospectus : 1560 m. Sils Maria est un peu plus à l'Est, à 1800 m quand même, et tout près de l'Italie !

Mais Davos ce n'est pas du tout le recueillement sur les pas d'un grand philosophe, c'est la station de ski haut de gamme (Davos-Klosters) qui a pris la suite des sanatoriums décrits par Thomas Mann dans « *La montagne magique* ». Ceux-ci ont été ruinés par l'arrivée des antibiotiques, et transformés en hôtels quatre étoiles comme le *Waldsanatorium* devenu le *Waldhotel* en 1957 : c'est dans ce bâtiment que séjourna Katia la femme de Thomas Mann. C'est là qu'il la rejoignit en mai et juin 1912, et qu'il observa les moeurs étranges des patients tuberculeux. C'est à partir de ces observations qu'il a écrit ce livre-monument publié en 1923. Davos ce sont surtout les nouveaux hôtels grand luxe qui accueillent cette foule de dignitaires avec toute leur cour servile fin janvier, plus la horde des camions TV, des journalistes, des cameramen, des photographes, des gardes du corps et des policiers en civil. Une véritable ruche. Tout ça pour quatre jours de Forum. Après, Davos redevient une station de ski ordinairement riche pour sportifs ordinairement riches.

J'ai atterri à Zürich à 10h15. Un taxi m'attendait à l'aéroport avec à son bord un représentant du Forum, Gerhard Müller. Le chauffeur et lui ont plié mon fauteuil roulant et l'ont installé dans le coffre de la Mercedes avec mes deux valises. J'ai gardé mon attaché-case avec moi : « *Je suis superstitieuse,* leur ai-je dit*, mon ordinateur et mes clefs USB sont à l'intérieur : je ne m'en sépare jamais. Même la Direction du Forum a dû accepter que je* *fasse ma conférence avec mon attaché-case sur les genoux et que je lance moi-même mes diapos à partir de mon ordinateur ! Je ne fais confiance à personne dans ces cas-là : il m'est arrivé tellement d'anecdotes lors des congrès internationaux !* »

Nous avons fait en un peu moins de deux heures le trajet Zürich-Davos en empruntant d'abord l'autoroute A3 qui longe le lac de Zürich puis le Walensee d'Ouest en Est jusqu'à Landquart et Coire. Puis, juste avant d'arriver à Coire nous avons pris la petite route 28 jusqu'à Davos.

Mon accompagnateur officiel, est charmant ; il tente d'adoucir sa rigidité alémanique et de paraître attentionné et souriant. Il s'est bien sûr efforcé de meubler la conversation tout le long du trajet en feignant d'abord un intérêt sincère pour la chimie de l'ozone, les OGM et la faim dans le monde. Mais finalement je ne l'ai senti vraiment personnellement touché que quand je lui ai parlé de Nietzsche et du lac de Sils Maria :

nous aurions dû commencer par là. Comme quoi les communicants et les «organisateurs d'événements» me surprendront toujours…

Pendant tout ce temps la Mercedes avalait silencieusement les kilomètres de tapis anthracite qui semblaient simplement posés sur la plaine blanche. Mon accompagnateur réglait la température des sièges en cuir chauffants toutes les dix minutes, inquiet pour mon dos. Après Landquart et juste avant Coire nous avons quitté l'autoroute et commencé à rouler sur une petite route entre deux murs de neige. Le paysage s'est de plus en plus encaissé et nous avons finalement, après avoir franchi une sorte de col au sommet d'un plateau, pénétré dans la haute vallée de Davos. Magnifique trouée blanche remontant vers le lac au bout de la ville puis vers les pistes de Klosters. Un ciel bleu cobalt sans un seul nuage coiffant le tout. Décidément les riches ont du bol même avec le climat.

Voilà, nous y sommes. Davos-Platz. Le chauffeur nous dépose au 58 Mattastrasse, devant le Sheraton Waldhuus. Le portier, monumental et impassible dans son long manteau vert à brandebourgs, se saisit de mes valises, Gerhard déplie mon fauteuil et m'aide à m'y installer. Destination le cinquième étage, chambre 504. Il me laisse me reposer après le vol Paris-Zürich et les deux heures de route. Il reviendra me chercher pour le repas du soir pour lequel il m'a promis que quelques invités-surprises seront présents à ma table : quelle délicatesse !

Dès qu'il a fermé la porte je m'écroule. J'ai mal partout, mon dos me brûle, mes jambes me torturent. Je me déshabille et me traîne jusqu'à la douche et là, agrippée à la barre métallique fixée au mur par les Suisses prévoyants pour que les vieux et les handicapés puissent faire leur toilette seuls sans glisser, je jette ma tête sous le jet d'eau chaude en essayant de tout oublier. Je ferme les yeux. Je respire un grand coup. J'y suis. Je suis à Davos. Ils m'ont laissée entrer dans la place.

Je fais ma conférence demain à 15 heures, en séance plénière, au coeur du dispositif.

En attendant l'heure du repas, je vais écrire à ma fille Anna et à ma petite-fille Léa. Pas un mail cette fois-ci : une vraie missive écrite de ma main sur le papier à en-tête du Sheraton, avec un vrai tampon de la poste de Davos sur l'enveloppe. C'est la dernière obligation que je me sois fixée sur ma check-list, mais là c'est un vrai plaisir.

Jour J : 24 janvier 2014-15 h 30 : fin de la Conférence de Sarah G.

« Mesdames et Messieurs, je crois que vous pouvez à présent, à la fin de mon diaporama, vous faire une idée assez précise de l'objectif de mon propos.

La recherche fondamentale a jusqu'ici fait son boulot, et elle continue.

Le corpus de découvertes qu'elle vous a fourni pourrait permettre d'ores et déjà de produire suffisamment de nourriture pour assurer la subsistance de l'ensemble de la population du globe, à condition que les semences résistantes ne soient pas kidnappées par une multinationale toute puissante, et que toutes les populations puissent produire en priorité des cultures vivrières plutôt que de l'arachide, du carburant vert ou de l'huile de palme.

L'énergie nécessaire à l'activité économique pourrait d'ores et déjà être obtenue en évitant d'épuiser les énergies fossiles, à condition qu'on s'y soit pris il y a plusieurs dizaines d'années et non pas au dernier moment, comme toujours, en catastrophe, quand on s'aperçoit enfin qu'on va droit dans le mur.

Les scientifiques ont fait leur job : que les industriels et les politiques fassent le leur à présent.

Je vous remercie de votre attention et je vais maintenant me séparer de vous en vous projetant ma dernière diapositive

Les Journaux Télévisés

24 janvier 16 h 30 : Attentat terroriste à Davos. On ignore encore le nombre de victimes.

17 h : Une explosion se serait produite dans la salle où se tenait la conférence plénière.

17 h 30 : Aucune revendication pour l'instant. Mais le mode opératoire semble désigner Al-Qaïda ou l'Etat islamique.

17 h 45 : On n'exclut pas pour l'instant la piste de l'extrême droite, comme dans les attentats de Norvège.

18 h : La police scientifique est toujours sur les lieux et relève des indices. Aucun point de presse n'est prévu pour l'instant par la police fédérale.

18 h 15 : La ville de Davos est toujours inaccessible. Toutes les issues sont bloquées. Personne n'entre ni ne sort. C'est un véritable état de siège.

19 h : On ignore toujours combien de chefs de gouvernement et de ministres figurent parmi les victimes. La liste des noms des participants à cette conférence plénière n'a toujours pas été communiquée.

19 h 15 : Des réunions de crise ont lieu en ce moment-même dans les principales capitales avec tous les ministres qui ne s'étaient pas rendus à Davos ce jour-là.

20 h : Une réunion exceptionnelle se tient en ce moment-même au siège des Nations Unies à New York, à huis-clos, convoquée en urgence par le Secrétaire Général.

20 h 15 : Les premières photos prises au télé-objectif semblent montrer que le bâtiment où se tenait le Forum n'a pas souffert

extérieurement. L'explosion semble n'avoir fait de dégâts qu'à l'intérieur.

21 h : Un correspondant local qui observe le bâtiment avec ses jumelles depuis son balcon nous fait part de son étonnement : aucun véhicule de secours n'est parti en direction de l'hôpital ou de l'aéroport ; aucun hélicoptère ne s'est posé devant le bâtiment ; la ronde des hélicoptères se contente de continuer à tourner en observation au-dessus de la ville.

21 h 15 : Première déclaration du Chef de la Police Fédérale. « *Le nombre de victimes s'élève à 538. Toutes décédées. Aucun blessé. C'étaient tous des participants à la séance plénière. L'identification des victimes se poursuit. Leur liste sera rendue publique demain en début de matinée. Aucune revendication pour l'instant. Toutes les pistes sont envisagées. Le mode opératoire ne permet pas de s'orienter vers tel ou tel groupe terroriste. Bien qu'il n'y ait pas eu d'explosion*

à proprement parler, le point de départ de « l'événement » semble se situer tout près de la dernière conférencière qui était à la tribune à ce moment-là : il s'agissait du Professeur Sarah Goldstein, de Paris, prix Nobel de Chimie en 1995. Les terroristes avaient peut-être piégé son fauteuil roulant, son ordinateur ou son attaché-case. On ignore encore la cause médicale exacte du décès de ces 538 personnes. »

Ludwig M. Chef de la Police Fédérale

Je suis à un an de la retraite mais, je ne sais pas pourquoi, je sentais qu'ils ne me laisseraient pas partir tranquille. J'étais sûr qu'il allait me tomber une tuile à Davos cette année.

Davos pour nous les fédéraux, à Genève, c'est Le gros truc de l'année. *« 44° World Economic Forum : Committed to improving the state of the world ».* Chefs de gouvernement, ministres, financiers, FMI, BCE,chefs de multinationales, ONU, UNESCO, OMS, ONG, tout le gratin mondial rassemblé quatre jours sur quelques kilomètres carrés : 2200 invités, 500 journalistes, une aubaine pour les terroristes, bien mieux que le G 20. Alors c'est rien de dire que toute la police helvétique est sur les dents. Toute l'année qui précède on surveille la ville à partir de notre QG, une grosse villa sur les hauteurs avec vue sur la vallée et sur le lac. On fiche toutes les nouvelles têtes qui apparaissent en ville, des fois qu'un petit malin aurait la bonne idée de s'installer tranquillement à partir de Février pour ne pas éveiller les soupçons en attendant son heure pour l'année d'après. Pour une fois tous les gros services de renseignements coopèrent et nous refilent leurs alertes : il faut dire qu'ils risquent tous très gros en envoyant leurs élites ici, Allemands, Anglais, Français, Américains, Saoudiens, Qataris, Israéliens, même les Russes et les Chinois (enfin ceux-là j'ai quelques doutes sur les infos qu'ils nous refilent…)

Cette année on a commencé en fanfare avec ces trois ukrainiennes (les « Femen ») qui ont accueilli les participants avec leurs nichons à l'air et leurs slogans peints sur leur poitrine, sur leur dos et sur des pancartes en carton qu'elles brandissaient au-dessus de leur tête : « *Gangster Party in Davos* », « *Poor for being woman* », « *Poor because of you* », « *Crisis made in Davos* »… Enfin, sur ce coup-là mes hommes ont assuré : maîtrise calme des trois furies, pas de bavure, à la bonne franquette, presque avec le sourire. Je les ai félicités et je commençais à respirer un peu lorsque j'ai eu à 15 h 30 ce coup de fil sur ma ligne cryptée : « *Venez vite au Forum patron, il vient de se passer un truc énorme !* » Et le mec raccroche aussi sec sans m'en dire plus. Je fonce comme un malade, je déboule devant l'entrée principale et là je vois tous mes hommes qui m'attendent figés, comme pétrifiés, les bras ballants, le regard vide. Je demande machinalement : « *Combien de blessés ?*

— *Pas de blessés patron, ils sont tous morts là-dedans, zéro survivant.* »

Mon coeur s'arrête deux secondes puis repart aussi sec à 150. Je fonce à l'intérieur et là je crois débouler dans un film de science-fiction : les murs, les sièges, la tribune, tout est intact. L'écran affiche encore la dernière diapo de l'exposé : un montage photo bizarre avec l'entrée du bâtiment du Palais des Congrès transformée en entrée de cimetière. Tous les participants sont restés sur leur siège, affalés comme des pantins désarticulés, morts. Pas un bruit, tout est comme solidifié, on dirait un arrêt sur image et on attend juste que le film se remette en marche.

Brusquement une sirène retentit et remonte vers nous : « *Quel est le con qui a appelé les ambulances ? Il est pas entré dans la salle ou quoi ?* »

Et là c'est parti pour moi : j'ai collé l'oreille à mon portable et je ne l'ai plus décollée de 24 heures. Sanctuariser le bâtiment, faire venir les équipes de la police scientifique, prélever les indices, recevoir les infos des labos en temps direct, boucler la ville entière, ne laisser personne entrer ou sortir, état de siège, identifier chaque personne présente dans la salle, écarter les photographes et les journalistes… J'ai sûrement oublié un truc, mais j'ai pas le temps de m'arrêter pour réfléchir : c'est la guerre. En plus j'ai trente coups de fil à la minute de mes supérieurs à Genève, à qui je n'ai rien de nouveau à dire. Nonante idées à la seconde se bousculent à l'entrée de mon cerveau pour passer en même temps par la petite porte.

L'équipe dirigeante de l'économie mondiale a été décapitée, la terre entière se retrouve sans gouvernance, ça ne peut être qu'un coup d' Al-Qaïda, un truc aussi bien organisé, sans bavure : à tous les coups ils étaient dans la salle et se sont fait sauter avec les cibles, attentat kamikaze...

Sauf qu'il n'y a pas eu d'explosion, rien n'a sauté, pas un grain de poussière, pas de gravats, pas de fumée, zéro radioactivité, on est dans le brouillard total, dans l'inconnu, dans l'inédit.

Mes hommes qui étaient postés à l'extérieur du bâtiment ont juste entendu comme un souffle puissant et bref mais peu bruyant, après quoi le silence total s'est installé : personne n'a crié ni bougé à l'intérieur de la salle ; quand mes hommes ont ouvert ils les ont juste tous vus collés à leur siège.

Quand les premiers résultats des labos sont tombés, ce fut la stupeur générale : le coeur de « l'explosion » était situé sur les genoux de la conférencière, pas sur son fauteuil roulant mais plutôt dans son attaché-case dont il ne restait plus rien, volatilisé, lui seul. Les gars de la police scientifique se centraient maintenant sur la nature des matériaux qu'aurait pu contenir l'attaché-case, en espérant qu'il en resterait quelques traces infimes sur la tribune ou dans la salle. Mais le problème c'est qu'ils ne savaient pas du tout ce qu'ils cherchaient : en tout cas pas un explosif classique et répertorié, pas un mélange à combustion brutale avec effet de blast, pas un produit radioactif, pas, pas, pas... oui mais quoi alors ? qu'est-ce qu'il reste ? Je suis nul en chimie mais quand même, il faut pas non plus me prendre pour une bille. C'est quoi les explosifs qui sont dans les tuyaux en ce moment ? Nos brillants scientifiques doivent bien avoir une petite idée.

Mon vieux Ludwig, en attendant qu'ils te donnent une réponse, tu vas devoir faire marcher tes petits neurones à 150 % et faire preuve d'imagination : tu es peut-être sur le coup du siècle, un truc qu'aucun super-flic n'aurait pu imaginer, et ça t'arrive à toi, un petit flic suisse, à un an de la retraite : tu imagines la chance que tu as ? Tu vas devenir célèbre, être invité sur tous les plateaux télé et publier ensuite un best-seller. Une retraite en or ! Ce sera bien la première fois qu'un flic devient riche en partant à la retraite !

L'enquête

La police scientifique, au vu de l'état intact de la salle de conférences, et de la mort instantanée de tous les participants, s'orienta d'abord vers un engin du type bombe à neutrons miniaturisée. Les mesures réalisées dans le bâtiment, les prélèvements effectués sur le mobilier et sur les cadavres ne fournirent aucun élément signant une telle technique.

L'examen minutieux des enregistrements de vidéo-surveillance avant la séance plénière et jusqu'à 15 h 30 ne révélèrent rien de suspect : tout se déroulait le plus normalement du monde pendant l'installation des participants dans la salle et sur la tribune. Le seul détail inhabituel était l'arrivée de la conférencière sur son fauteuil roulant, mais les organisateurs du Forum étaient au courant de cette particularité : la sécurité était avertie. Par contre, ce qui avait aussi surpris leurs services c'était l'autorisation exceptionnelle qui lui avait été accordée d'apporter son ordinateur personnel dans son attaché-case posé sur ses genoux et de lancer elle-même son Power Point : mais les organisateurs savaient qu'elle était maniaque sur ce point, et qu'elle exigeait de faire comme ça à chacune de ses interventions publiques. Donc, rien à redire là-dessus.

Par contre, après l'événement, l'attaché-case était resté introuvable, comme s'il s'était volatilisé, alors que l'ordinateur qui était tout proche était, lui, demeuré intact. Presque un tour de magie !

Dès le départ, la question était « *qui a pu organiser un truc aussi dingue, imprévisible, précis, chirurgical, millimétré ? les islamistes ? l'extrême-droite ? une puissance étrangère voulant profiter du chaos chez les occidentaux ? les Russes ? les Iraniens ? les Syriens ? ou un fou isolé mais génial, un loup solitaire surdoué ?* »

On avait attendu plusieurs jours une revendication quelconque. En vain. Le monde entier était resté muet sur Internet, comme sidéré par l'énormité de la chose : la classe dirigeante mondiale décapitée en un clic de souris. Qu'allait-il se passer maintenant ?

Les journalistes avaient l'habitude des attentats kamikazes sur des marchés populaires ou dans des mosquées à l'heure de la prière. A chaque fois c'étaient des pauvres gens anonymes, sans importance politique qui étaient victimes. Le discours était toujours le même : des lâches se sont attaqués aux plus faibles, et les vrais responsables, ceux qui tirent les ficelles, sont toujours tranquilles et vont pouvoir continuer sans problème.

Cette fois-ci nous étions dans le cas de figure inverse, inimaginable jusque là : les victimes ne sont que les plus gros responsables économiques, financiers et politiques de la planète, des gens qui ne se retrouvent d'habitude jamais ensemble dans la même

salle, aucune victime collatérale « innocente »
à déplorer, aucune revendication sur le Net...

Ceux qui avaient fait ça n'avaient pas
l'air pressés de tirer leur épingle du jeu et de
se placer sur l'échiquier pour le coup d'après.

Découverte et stupeur

Le 28 janvier on était encore dans le brouillard complet, quand une enveloppe contenant une photocopie est parvenue à différents journaux européens : *Le Monde, El País, Die Welt, Frankfürter Allgemeine Zeitung, The Times, The Guardian, Il Corriere della Sera.*

L'enveloppe avait été postée de Paris par Anna Goldstein. Elle contenait une photocopie d'une lettre que sa mère, Sarah Goldstein lui avait envoyée, postée de Davos le 24 janvier.

Cette lettre revendiquait l'entière responsabilité de l'attentat du jour même, sans que ses modalités techniques y soient précisées.

Une seule phrase de cette lettre a été publiée le lendemain avec l'autorisation des enquêteurs :

« *C'est moi la « terroriste » unique responsable de l'événement. Aucun groupe organisé n'a piégé mon attaché-case, personne n'a fait pression sur moi pour que je le fasse, j'ai tout fait toute seule lucidement, secrètement et volontairement.* »

Pour le reste, chaque journaliste a brodé à sa manière et a fantasmé sur les motivations profondes de la Prix Nobel de Chimie.

Tout a été évoqué : une conversion secrète à l'Islam, un accord passé entre les Francs-Maçons et l'Etat Islamique, un coup de folie dû à son traitement médicamenteux, une involution sénile avec fixation paranoïaque sur les grands de ce monde…

Les experts de l'analyse géopolitique se sont succédés sur les chaînes, puis on a eu recours aux experts psychiatres en désespoir de cause.

La semaine suivante les journaux ont finalement pu publier l'intégralité de la lettre.

La Lettre

Davos, le 24 janvier 2014, 11h

A Anna et Léa

Mes amours,

quand vous lirez cette lettre le 25 ou le 26 janvier, vous aurez déjà appris une partie de ce qui s'est passé à Davos : toutes les télés ne parleront que de ça.

Je vous donne l'info réelle en primeur, parce que les enquêteurs risquent de mettre un bout de temps avant de trouver la clef de l'énigme :

C'est moi la « terroriste » unique responsable de l'événement. Aucun groupe organisé n'a piégé mon attaché-case, personne n'a fait pression sur moi pour que je le fasse, j'ai tout fait toute seule lucidement, secrètement et volontairement.

Il y a longtemps que je vous disais que les dirigeants économiques et politiques de la planète étaient selon moi les êtres les plus nocifs, vils, abjects, cyniques et pervers qu'il m'ait été donné de connaître. Ils sont en toute impunité responsables de millions de morts par malnutrition, pollution, désespoir financier et autres. D'un clic de souris ils font bouger le cours des matières premières et des vivres indispensables à la survie de millions de personnes. En rachetant des dettes immobilières ils ont ruiné et jeté à la rue des millions de personnes, aux USA, en Espagne, en Grèce... Quand leur château de spéculations s'est effondré, on nous a expliqué qu'il fallait sauver les banques de toute urgence, sinon c'était la fin du monde. Quand on a eu fini de les renflouer ils ont bien sûr recommencé à spéculer : que savent-ils faire d'autre ? Ils sont partout, nombreux, puissants, ils tiennent tous les médias et leur font répéter à longueur d'antenne qu'il n'y a pas d'alternative au marché libéral mondial.

Depuis que le bloc de l'Est s'est effondré ils n'ont même pas d'opposition militaire, étatique ou institutionnelle. Seuls quelques farfelus, comme moi, s'obstinent à leur tenir tête et à prêcher dans le désert : les protestataires d' « *Occupy Wall Street* », les « *Indignados* » d'Espagne, quelques altermondialistes, quelques économistes à contre-courant, cernés de toutes parts et ridiculisés par leurs confrères bien-pensants, et bien sûr les émeutiers de la faim ici ou là quand le désespoir déborde.

Je pense très sérieusement que ces élites internationales sont les vrais criminels de notre temps, qui s'arrangent pour que leurs forfaits soient toujours légaux, et qui ne reculent devant rien pour augmenter leurs profits : une guerre, une famine, une épidémie, une tempête, une inondation, une révolte religieuse, tout est bon à prendre.

Par ailleurs vous savez bien que depuis la mort de Nathan je n'espère plus grand chose, à part le rejoindre au paradis des amoureux, si du moins il existe. Vous êtes toutes les deux ce que j'aime le plus au monde, mais je n'arrive plus à surmonter cette énorme fatigue qui s'est abattue sur moi en quelques années avec les récidives et les chimiothérapies récurrentes. Ces derniers mois en plus de la fatigue, la douleur osseuse est devenue insupportable, mais j'ai refusé la mort lente par augmentation des doses de morphine que tout le monde me proposait. Je voulais rester lucide jusqu'à la fin, et décider moi-même du quand et du comment.

Il est temps que j'arrête.

C'est là que je me suis dit : à se suicider, autant se suicider utile.

J'avais ma cible toute désignée : comment faire pour qu'ils partent tous en même temps que moi ?

Et là, ils ont commis l'erreur de m'inviter à parler à Davos cette année : une vraie aubaine !

Quant au comment, je vous passe les détails techniques, sinon les militaires auraient tôt fait de me piquer mon idée et de la détourner à leur profit: je n'ai laissé aucune trace papier ou informatique de cette invention digne d'Alfred Nobel. Sachez seulement que les matériaux que j'ai placés dans mon attaché-case, après avoir été activés par ma dernière diapositive, ont mis fin en une seconde à tout fonctionnement biologique dans un rayon de cinquante mètres, sans endommager les matériaux inertes. Je n'ai fait souffrir personne. Voilà : vous en savez assez. J'espère que plus personne après moi ne redécouvrira cette technique futée et insolite, et somme tout assez simple à mettre en oeuvre.

Je ris en pensant à la tête que vont faire tous les super-flics et les « profilers » quand, après avoir suspecté les différents groupes terroristes du moment, ils devront convenir qu'il s'agissait en fait d'une mamie en fin de vie sur son fauteuil roulant avec son petit attaché-case et son ordinateur, mais attention : une mamie juive, athée, épicurienne, libre penseuse, franc-maçonne, féministe, chimiste, prix Nobel, anti-capitaliste, j'y tiens, et j'en passe.

Comment vont se débrouiller avec tout ça les perroquets de la télé ? Je crois que vous allez hurler de rire en voyant leur tête !

Maintenant je vais faire poster cette lettre par le concierge de l'hôtel, manger un peu parce que je tiens à faire ma dernière conférence prévue à 15 heures, et pour cela me faire véhiculer jusqu'au bâtiment où se tient le Forum.

Je vous serre très fort sur mon coeur.

Un dernier conseil : vivez libres et fières, gardez le verbe haut, et ne vous en laissez imposer par personne, surtout pas par les puissants : la vie peut être magnifique pour peu qu'on en prenne soin, celle que j'ai vécue en tout cas l'a été jusqu'à ces dernières années, et j'espère que la vôtre le sera aussi très longtemps, et que personne ne viendra vous la pourrir.

Je fais ça pour vous, Anna et Léa, pour l'avenir.

Je penserai à vous quand j'enverrai la dernière diapo.

Au revoir mes amours !

Sarah

Anna G. sa fille

Quand j'ai reçu sa lettre de Davos je n'avais déjà plus d'espoir : la télé avait annoncé qu'il n'y avait aucun survivant dans la salle de conférences.

Quand je l'ai ouverte, j'ai été pétrifiée au bout de quelques lignes ; j'ai lu et relu au moins dix fois ces mots au début du deuxième paragraphe : « *c'est moi la terroriste unique responsable de l'événement* ». Je n'arrivais pas à réaliser que c'était ma mère qui me disait ça et que c'était d'elle dont elle parlait. Sarah, ma mère, c'était elle que toutes les polices recherchaient sans le savoir, et c'était moi qui avais l'info en premier.

Pendant plusieurs jours la sidération a persisté. J'avais beau relire les explications et les arguments qu'elle me fournissait très clairement, je n'arrivais pas à faire coïncider les deux visages : Sarah, ma mère, vivante et la dernière conférencière de Davos sur son fauteuil roulant avec son attaché-case sur les genoux, sur le point de balancer sa dernière diapo.

Puis peu à peu, des souvenirs me sont revenus qui ont fini par s'emboîter entre eux et par dessiner un portrait logique et cohérent de ma mère.

Et enfin un jour est venu où j'ai admis que ce qu'elle avait fait était en adéquation avec l'ensemble de sa vie : elle était la seule à pouvoir faire ça, et il lui incombait une sorte de mission. La clef de l'énigme était là : elle seule avait à la fois la compétence scientifique, l'astuce technique, la volonté politique de faire changer radicalement la gouvernance mondiale, et aussi le désir de mettre un terme à ses souffrances personnelles, psychiques après le décès de mon père, et physiques avec ce cancer qui la dévorait.

Une évidence m'envahit alors : elle ne pouvait pas faire autrement ; elle n'avait sûrement pas hésité : c'était la seule chose utile à faire pour elle et pour tous les autres.

Ma souffrance à moi n'avait pas lieu d'être. J'avais au contraire à vivre comme elle m'y invitait, en poursuivant son combat contre les empêcheurs de vivre.

Je suis fille unique. Née en mai 1968 au milieu des barricades. Mon père et ma mère s'étaient installés dans un petit appartement de la rue Monge, en plein quartier latin, près de tout : la Sorbonne, l' ENS de la rue d'Ulm, la bibliothèque Sainte-Geneviève, les lycées Saint-Louis, Louis-le-Grand et Henri IV, le Panthéon, le Jardin des Plantes, le jardin du Luxembourg, Saint-Michel et Saint-Germain, les petits restos de la Montagne Sainte-Geneviève où ils mangeaient le soir avec leurs copains, les bistrots de Saint-André-des-Arts où ils poursuivaient leurs conversations jusque tard dans la nuit et refaisaient le monde en polémiquant avec les communistes, les trotskistes, les maoïstes, les situationnistes et les anars. Ils adoraient être là, ensemble, au coeur de Paris, au centre du monde.

J'ai eu une enfance extraordinaire, merveilleuse, pleine de joie de vivre, de fous rires, d'initiatives brusques et dingues, de paroles incessantes. Mes parents n'arrêtaient pas de m'apprendre des choses, à tout moment, à tout propos, des choses qu'on n'apprenait pas à l'école, des choses qui n'étaient pas de mon âge, des choses que je ne devais pas répéter à mes copines pour ne pas les choquer : *« Ça c'est off, me disaient-ils, ça doit rester entre nous ».* J'étais leur élève et leur complice.

Mon père c'était les mécanismes de l'économie mondiale, les grandes puissances et le Tiers Monde, la librairie Maspero, la critique du capitalisme et des blocs militaro-industriels.

Ma mère c'était la chimie, les atomes, les molécules, l'astrophysique, la pollution de la planète, les énergies fossiles, la couche d'ozone et les réacteurs nucléaires. Mais elle m'expliquait aussi la pauvreté, la famine, l'agriculture et les OGM.

Du coup je m'ennuyais un peu à l'école et j'avais hâte de revenir à la maison pour prendre dans leur bibliothèque un livre dont ils m'avaient parlé et qui n'était pas « de mon âge », en attendant qu'ils rentrent de leur travail et que nous puissions recommencer à discuter du monde, de la vie, de tout, en préparant le repas du soir.

Bien plus tard, vers la fin de mon adolescence, et à une époque où j'avais tellement de centres d'intérêt que je n'arrivais pas à me décider sur des études et une carrière, ma mère me dit un jour dans la rue, alors que nous faisions les courses :

« *Tu sais Anna que mon idole c'est Manya Sklodowska, ou Marie Curie si tu préfères. Elle a vraiment été la première en tout, et nous a montré à nous toutes que c'était possible pour une femme.*

Elle a eu deux filles.

Irène, l'aînée, avait le même caractère qu'elle et la même volonté inflexible de réussir « en tant que femme », ou « bien que femme », dans les sciences dures. Elle est devenue la copie de sa mère, a obtenu le prix Nobel de chimie avec son mari en 1935, et est morte à 59 ans, victime de la radio-activité.

Eve la cadette a toujours été différente, féminine, séductrice, sensible à l'esthétique, artiste, coquette, mondaine, tournée vers les arts et la littérature, mais aussi résistante et combattante contre le nazisme ; elle a fait carrière comme pianiste, journaliste et diplomate. Et elle a écrit une admirable biographie de sa mère « Madame Curie » en 1938.

Moi, je n'ai eu qu'une fille, toi.

Alors je ne veux surtout pas te suggérer d'emprunter l'une ou l'autre de ces deux voies. Ta vie t'appartient Anna : tu peux choisir l'une ou l'autre, ou aucune des deux mais tout autre chose si tu veux. Et sache en tout cas que je serai toujours heureuse et fière de toi, quel que soit ton choix, si je sens que tu ne le fais pas par faiblesse, facilité, obligation ou conformisme, mais parce que ce choix te ressemble vraiment. »

Alors j'ai choisi de ne pas devenir une martyre de la science comme Irène, ni une pianiste-journaliste-diplomate célèbre et mondaine comme Eve, mais une simple prof de philo dans un lycée de banlieue, pour essayer d'éveiller les jeunes à la conscience morale et politique, et pour les épauler dans leur résistance au bla-bla télévisuel en éduquant leur esprit critique et en dénonçant tous les dogmatismes, religieux ou non.

Ma mère m'a dit dès le début que c'était ce qui me ressemblait le plus, et qu'elle était très fière de moi.

Claudine R. sa « cousine »

Quand la mère de Sarah nous l'a amenée ce soir de janvier 1943 avec sa petite valise, nous nous sommes regardées toutes les deux et avons compris tout de suite qu'il se passait quelque chose de grave.

Je savais qu'elle était juive, j'entendais mon père et ma mère discuter de tout ça le soir. Ils n'étaient pas toujours d'accord. Ma mère était très catholique et pensait qu'il fallait cacher les juifs et les mettre à l'abri de la milice pétainiste et de la police vendue, et que le Pape Pie XII les avait lâchés. Des réseaux de catholiques s'étaient organisés à Marseille comme ailleurs pour trouver des caches et des faux papiers.

Mon père, lui , était loin d'être aussi radical. En tant que jeune chef d'entreprise promis à un brillant avenir, il gardait de bons contacts avec les gens de Vichy qui lui avaient même offert un poste dans l'équipe qu'ils avaient mise en place pour remplacer le conseil municipal de Marseille destitué par Pétain. Donc il ne pouvait absolument pas apparaître comme quelqu'un qui protège des juifs. Mais là il n'y avait plus de ligne de démarcation : les Allemands avaient envahi Marseille.

Il a laissé faire ma mère : c'était sa bonne conscience et sa façon à lui de prouver qu'il n'était pas juste un pétainiste et un collabo. Au cours d'une discussion nocturne que je n'étais pas censée écouter je l'ai entendu dire à ma mère : « *D'accord, on la garde chez nous, tu diras que c'est une nièce venue faire ses études à Marseille après le décès de ses parents dans un accident de la route. Je me charge de lui procurer des papiers: elle ne s'appelle plus Sarah Goldstein, elle s'appelle désormais Hélène Romieu, et tu l'inscris à l'école dans la classe de Claudine.* »

C'est comme ça que Sarah est arrivée chez nous, rue Paradis.

Nous étions nées toutes les deux en 1935, elle était blonde comme le miel et moi noire comme les olives. La maîtresse nous a fait asseoir côte à côte sur le même banc de bois, et là nous avons commencé à rire comme des folles : nous étions complices sur tout. Nous nous comprenions à demi-mot. Nous étions infernales pour certains que nous avions dans le collimateur, sans pitié. La bêtise, la grossièreté, les clichés, les phrases toutes faites répétées par des perroquets, c'était ça notre terrain de chasse. Les autres se sont mis à nous redouter : les cousines Romieu, quand elles commençaient à balancer des vannes, c'était pire que le clan des Colombani.

De 43 à 44 nous avons fréquenté la même école primaire dans le huitième arrondissement.

Jusqu'à la libération de Marseille.

Nous avions entendu depuis le débarquement du 15 août en Provence les combats qui faisaient beaucoup de bruit autour de Notre Dame de la Garde et du Vieux Port où tout avait été dynamité : le dernier bastion allemand du centre ville. Ils avaient été obligés de s'y replier : de partout les troupes françaises les encerclaient et les repoussaient.

Et puis le 29 août au matin, le bruit vole de fenêtre à fenêtre : ça y est ! Marseille est libérée ! De Lattre va faire défiler l'armée d'Afrique sur la Canebière !

Là j'ai vu Hélène dévaler les escaliers et partir comme une folle en courant dans la rue. Elle était persuadée que ses parents étaient revenus avec les FFI et les Africains et qu'elle allait les retrouver dans leur appartement de la rue Dragon. Mais l'appartement était fermé et silencieux. Alors elle est repartie vers le Vieux Port et je l'ai perdue de vue, engloutie par cette foule immense qui dévalait comme un torrent en hurlant et chantant par toutes les rues qui descendent vers la Mairie : la rue Breteuil, la rue Paradis, la rue de Rome, la Canebière, la rue de la République… Tout Marseille était là, en liesse, et moi j'étais au milieu, en larmes, imaginant Hélène perdue et affolée dans cette foule, en train de chercher ses parents.

Elle est rentrée chez nous à la nuit tombée, après avoir constaté que leur appartement de la rue Dragon était toujours fermé et silencieux. Elle avait cherché ses parents pendant six heures dans la foule qui confluait vers le Vieux Port. Son regard était vide et figé, comme halluciné. Elle avait compris qu'ils ne reviendraient plus jamais, ni à Marseille ni ailleurs. Elle n'en dit rien, se réfugia dans notre chambre et se jeta à plat ventre sur son lit. Elle ne me dit pas un seul mot. Je ne l'entendis pas pleurer non plus cette nuit-là, pendant que nous étions toutes les deux éveillées et immobiles sur notre lit à regarder fixement le plafond éclairé par les éclairs des feux d'artifice.

La guerre était finie. Les Allemands s'étaient enfuis. On avait gagné. Tout le monde hurlait de joie sur le Vieux Port. Et deux gamines de neuf ans étaient là, juste à côté, rue Paradis, tout habillées sur leur lit, incapables de parler ou même de pleurer, dévastées.

François T. un collègue de travail du CNRS

Sarah c'était du vif-argent. Une intelligence aiguë, pointue, rapide, incisive, qui voyait avant que vous ayez fini votre phrase le point qui clochait et sur lequel il fallait rebondir.

Il suffisait qu'elle passe dans le labo le matin comme une mini-tornade et chacun était réactivé, réveillé, relancé dans une dynamique joyeuse et optimiste. Les équipes qu'elle dirigeait étaient comme euphoriques : elle s'occupait de tout, de leur trouver des financements, des revues pour publier, des places pour les congrès, des locaux pour travailler, des mécènes pour apporter le petit déjeuner, des idées nouvelles, des articles qui étaient passés inaperçus et dans lesquels elle allait dégoter le petit détail qui vous concernait...

C'était un moteur, une turbine, une source de chaleur, de joie de vivre et de carburant.

Jamais elle ne se serait permis d'imposer son nom en fin de liste des auteurs sur une publication d'un de ses thésards, sauf si lui-même le lui demandait instamment comme un honneur : et là elle disait *« oui, mais pas comme un honneur, juste comme une preuve d'amitié et de confiance. »*

Elle disait en rigolant : *« Je sais que vous me prenez tous pour votre mère, mais dès que vous aurez fini votre thèse, vous allez me faire le plaisir de faire une bonne tranche de psychanalyse, et là vous pourrez vous détacher de moi et marcher tout seuls comme des grands. »*

A côté des recherches officielles du labo elle adorait faire ce qu'elle appelait ses « petites recherches personnelles et marginales » dont elle ne parlait à personne et dont elle ne laissait aucune trace informatique.

« Ce sont mes petits bricolages, c'est mon hobby, ça me détend » me disait-elle parfois quand elle était en veine de confidences.

Un jour elle m'avait même dit : « *Tu sais, François, Alfred Nobel était au départ l'inventeur de la dynamite ; c'est parce qu'il avait mauvaise conscience d'avoir inventé cette arme de destruction massive qu'il a laissé tout son héritage pour cette fondation. Moi je pense que les chimistes ont leur mot à dire sur l'invention d'un explosif fonctionnant très différemment des bombes à fusion ou fission nucléaire ou des bombes à neutrons. Ce serait notre revanche sur les physiciens qui ont toujours eu la grosse tête. Mais ça je ne peux en parler à personne : les militaires s'empareraient tout de suite du truc et m'en déposséderaient. C'est pour ça que je ne laisse aucune trace informatique, et même pas sur le papier : je brûle tout, mais tout est dans ma tête.* »

Et elle s'éloigna avec un petit sourire et ses yeux bleu-gris pétillant de malice me fixant par dessus ses lunettes.

C'est la seule fois où elle m'a parlé de ces « recherches ».

Mais aujourd'hui, je suis convaincu que son attaché-case, celui qu'elle a réussi à faire pénétrer au coeur de Davos, était le résultat de ce long travail qu'elle avait mené en secret pendant des années : tous les êtres vivants sont morts sur un rayon de cinquante mètres, la salle et tout son mobilier sont restés intacts et on n'a relevé aucune trace de radioactivité même au centre du cercle. Les portiques n'ont rien repéré sur son fauteuil roulant, même pas un détonateur métallique. Le scanner n'a rien détecté non plus, ni dans son attaché-case ni dans son ordinateur. C'est la dernière diapo de son Power Point qui a tout déclenché.

Elle n'en parlait jamais, mais elle était forte aussi en informatique.

Olaf P. un ex-amant danois

Sarah je l'ai rencontrée au Congrès de l'*American Chemical Society* à Boston en 1972 : elle avait 37 ans. Elle était magnifique, pétulante, pleine de vie. Et surtout franche et directe : quand elle se plantait face à vous, son regard ne lâchait plus le vôtre tant qu'elle ne s'était pas fait une opinion sur votre degré de franchise, de timidité, de lâcheté, de duplicité ou d'audace. Ce n'était pas la femme des petits regards timides en coin, des oeillades discrètes ou du genou collé discrètement sous la table.

Le soir où c'est arrivé, nous avions poursuivi à cinq une discussion très technique sur l'ozone, après le repas, au bar de l'hôtel, autour d'une tasse de café. A un moment, quand elle en a eu assez de l'ozone et qu'elle a manifesté l'intention de se retirer, elle m'a fixé droit dans les yeux et à voix haute elle m'a lancé par-dessus la table et devant les autres chimistes médusés : « *Si vous acceptez de terminer cette discussion autour d'un dernier verre de Vodka, sachez Olaf que l'on m'a attribué la chambre 718 et que vous y êtes le bienvenu.* »

Je crois que j'ai rougi jusqu'aux oreilles, comme si j'avais eu 15 ans, ce qui l'a faite sourire pendant qu'elle se levait et saluait les trois autres en s'inclinant légèrement.

Nous avons passé une nuit inoubliable à discuter de tout, même de chimie par moments, à boire des verres de Vodka suédoise, et à nous caresser de partout dans toutes les positions. Elle adorait prendre des initiatives brusques et imprévisibles, « changer de vitesse » comme elle disait, et alterner les moments d'ondulations lentes et langoureuses et les moments de fougue et de furie; elle aimait aussi me laisser faire à ma guise, se prêter à mes caprices, et dans ce cas-là m'accompagnait toujours de mots ou de gémissements marquant son approbation ou son désir d'aller plus loin ou plus fort ou de changer.

Elle adorait parler en faisant l'amour, et mettre des mots sur ce qu'elle faisait, ce qu'elle voulait faire, ce qu'elle me demandait de faire, ce qu'elle ressentait : elle me les glissait dans le creux de l'oreille dans un souffle haletant. Elle me disait ensuite, après l'orgasme, que ce langage redoublait son plaisir, qu'il ajoutait une dimension signifiante au ressenti corporel, et que de toute façon l'orgasme monte à la tête avec l'explosion d'ocytocine et qu'il est normal qu'il active aussi les zones du langage.

Elle me suçait toujours après que j'aie joui en elle: elle me disait que le goût de nos sécrétions mutuelles mêlées était unique et incomparable, comme le résultat d'une alchimie interne où l'un magnifiait l'autre ; comme une sorte de création collective aussi, fruit de notre fusion.

Elle savait aussi se taire parfois et « laisser parler le mammifère » comme elle disait en riant.

Elle était insatiable. On aurait pu croire que le quatorzième orgasme allait la laisser enfin exténuée, vidée, apaisée et repue, écroulée sur mon épaule, mais pas du tout : on aurait dit qu'au contraire il n'avait fait que lui redonner un coup de starter pour la faire remonter vers une nouvelle explosion.

Elle m'a fait découvrir en une nuit une forme de sexualité que je n'avais jamais connue au Danemark. Chez nous le sexe est une activité ludique et joyeuse que nous pratiquons tous les soirs au début, puis une fois par semaine quand nous sommes en couple depuis plus longtemps. Quelque chose d'un peu gymnique ou hygiénique qui nous calme, nous les gens du Nord, fait partie d'une vie équilibrée, nous met de bonne humeur. Quelque chose de simple, qui ne s'accompagne pas de paroles, de commentaires ou d'interprétations hasardeuses. L'inverse d'une activité intellectuelle.

Et là je découvrais que les mots et le langage n'étaient pas l'inverse de la jouissance mais leur complément ou même leur parachèvement.

C'était un jeu, et en même temps on aurait dit que rien n'était plus important que ce qui se passait là, dans cette chambre au septième étage de cet hôtel de Boston, loin de la France et du Danemark, entre ces deux inconnus éloignés pour trois jours de leurs vies respectives et de tout ce qu'ils connaissaient jusque là.

C'était la parenthèse bénie des années 70 : après la pilule et avant le sida. Une décennie où sexe rimait avec joie, liberté, pluralité, diversité, rencontres inopinées et miraculeuses, expériences brisant les tabous, légèreté et en même temps respect et souci de la jouissance de l'autre. Un rêve que la fin du vingtième siècle a pris soin de piétiner et d'enterrer.

Le lendemain matin nous sommes descendus déjeuner vers dix heures ; il restait encore quelques congressistes attardés, mais elle n'a pas essayé de dissimuler à leurs yeux notre complicité de la nuit, au contraire : nous avons ri ensemble pendant tout le petit-déjeuner, les yeux dans les yeux. Son regard étincelait comme s'il me restituait tout le plaisir de la nuit.

Quand nous nous sommes levés pour rejoindre la salle de conférences, elle m'a saisi par le bras et m'a dit : *« Olaf, je ne te lâche plus jusqu'à la fin du Congrès : c'était trop bon ! une telle adéquation anatomique, c'est si rare que c'est un véritable petit miracle ! j'adore Boston ! »*

Le dernier jour, avant de prendre l'avion, je me suis inquiété de savoir si elle allait parler de notre rencontre à son compagnon. Elle a ri et m'a dit : « *Tu sais Olaf, Nathan c'est l'homme de ma vie, j'en suis sûre, nous vieillirons ensemble, je le lui ai dit, il le sait et ne s'inquiète jamais. Que je prenne du plaisir quand je fais des rencontres joyeuses me rend encore plus belle et désirable à ses yeux. Quand je rentre chez nous avec les yeux qui pétillent, il sait tout de suite avant même que j'aie dit bonjour. Parfois il me pose une question juste pour me taquiner : « C'était un suédois cette fois-ci ? Un Viking plus jeune que toi, ou un vieux sage scandinave barbu ? » Parfois il ne me demande rien et se contente de sourire en me couvant des yeux, avec son petit air ironique, tout en me servant le café.*

Lui et moi nous savons bien faire la différence entre l'amour nécessaire et les amours contingentes, pour reprendre la distinction faite autrefois par Jean-Paul Sartre et Simone de Beauvoir...

J'espère que ta femme et toi arriverez à une entente analogue. Je ne comprends pas comment fonctionnent la plupart des autres couples autour de moi , avec toute cette possessivité, ce besoin de domination, cette exclusivité, cette suspicion et cette agressivité latente !

J'ai vu juste les deux photos d'elle que tu m'as montrées : elle est très belle Ingerd, autant que toi; s'il te plaît, rends-la heureuse et fais briller son regard ; et si tu veux lui parler de notre rencontre, dis-lui surtout qu'elle n'a rien à craindre de moi. »

Maguy S. la Vénérable de sa Loge

Sarah nous l'avions « approchée » en 1970, après que plusieurs Soeurs de ma Loge, qui travaillaient à l' Institut Pasteur, au CNRS et à l' ENS nous aient parlé d'elle : elles étaient toutes enthousiastes.

Je me souviens des premiers entretiens, chez elle et chez nous : elle était claire, directe, franche, tonique, sans précaution ni langue de bois. Elle n'attendait rien de nous, on aurait dit qu'elle nous mettait au contraire au défi et à l'épreuve et qu'elle attendait pour voir si nous la décevrions. Tout le contraire de ces candidates intéressées par les rencontres et les relations qu'elles espéraient nouer chez nous, les opportunités pour faire progresser leur carrière, ou juste par le fait de pénétrer dans un cercle fermé, comme le club de golf , le Rotary, le Lions ou l'Emulation nautique, petits clubs de notables et de gens espérant devenir à leur tour influents à leur contact.

Quand elle est passée sous le bandeau, on sentait physiquement la concentration qu'elle mettait à écouter nos questions ; parfois il lui échappait à la fin un petit sourire puis un léger blanc avant qu'elle ne prenne la parole ; ses réponses fusaient, rapides et structurées, sans hésitation et parfois même avec une volonté de provocation face à certaines questions pétries d'insinuations sur ses moeurs ou sa vie privée : oui elle était juive, athée, épicurienne, matérialiste, non mariée, libre de moeurs et d'esprit, libre de toute adhésion à un syndicat ou à un parti, mais répondant présente dès qu'il le fallait, pour une manif ou une pétition qui lui paraissait juste et urgente.

Elle n'a eu aucune boule noire dans l'urne ce soir-là : nous avons toutes été emballées, et c'est avec enthousiasme que nous avons procédé à son initiation un mois après.

Elle m'avait dit la veille : « *J'ai bien réfléchi, je viens chez vous, je m'engage à travailler avec vous ; si je suis déçue je partirai bien sûr, mais je vous promets que je vous dirai pourquoi ».*

Elle nous a écoutées en silence avec beaucoup d'attention pendant tout son temps d'apprentissage, et puis un soir je lui ai demandé de nous proposer une planche sur le sujet de son choix. La semaine suivante elle m'a dit : *« J'ai envie de vous parler de Marie Curie ».*

Cette première planche d'apprentie je l'ai photocopiée et je l'ai toujours sur mon bureau parce que c'est pour moi un texte de référence qui allait bien plus loin que la simple biographie personnelle ou professionnelle : elle n'hésitait pas à affronter la façon dont Marie avait été accueillie par ses supérieurs et ses collègues hommes, tous éminents scientifiques, mais perturbés par l'irruption dans leur cercle masculin de cette intelligence féminine aiguë et rigoureuse. Ils s'en tiraient en général en la qualifiant de trop sérieuse, froide et lisse ; même Albert Einstein, qui avait fini par devenir son ami, n'avait pas reculé devant ce cliché : « *très intelligente mais froide comme un poisson* ».

Elle n'hésitait pas à entrer dans la relation passionnelle qui avait lié Marie à Pierre Curie, puis au désespoir qui l'avait saisie en 1906 quand la tête de Pierre avait été écrasée par la roue arrière d'une énorme voiture à cheval devant laquelle il avait glissé. Elle avait retrouvé un morceau de son journal intime où elle décrivait ce que Marie ressentait après la mort de Pierre : un voyage au bord de la folie.

Elle ne reculait pas devant l'évocation de sa relation ultérieure avec le physicien Paul Langevin, alors qu'elle était veuve et lui marié, relation révélée par la presse en 1911 et à l'origine d'un gros scandale. Il s'en était tiré comme un pleutre.

Elle était sans pitié sur les relations hommes-femmes dans ce milieu de la recherche scientifique qu'elle connaissait si bien.

Son admiration pour Marie Curie était sans borne : elle ne l'appelait même pas « Maria », juste « Manya » « Salomea » ou « Sklodowska », jamais « Marie Curie » en tout cas, elle disait que ça c'était l'appellation officielle qui visait à occulter ses origines polonaises ; et elle méprisait profondément Paul Langevin, le grand scientifique, sympathisant communiste, qui s'était comporté avec elle comme un minable après que leur relation ait été révélée par les journalistes.

En cinq ans elle gravit dans la Loge tous les premiers échelons, Apprentie, Compagnonne, Maîtresse, et puis elle prit des responsabilités en occupant successivement plusieurs plateaux dans la Loge : Surveillante, Oratrice et enfin Vénérable. Mais elle n'aimait pas trop ce poste prestigieux de « présidente de Tenue » parce qu'il l'obligeait à participer une fois par an au Convent national comme représentante de sa Loge, et là, à ce niveau, elle avait été dégoûtée par les méthodes, les manoeuvres, les coteries, les groupes de pression qui se formaient pour rédiger des textes de synthèse ou pour élire la Grande Maîtresse de l'Obédience : c'était, me disait-elle, le même fonctionnement que dans les partis politiques et les syndicats, pour lesquels elle éprouvait un profond mépris.

Le plateau qu'elle préférait était celui d' Oratrice : il lui permettait d'exercer ses talents de rigueur de pensée et de langage. Lorsqu'un débat s'embourbait et que les intervenants dérivaient vers des considérations polémiques, personnelles ou subjectives sans rapport avec l'éthique de la Franc-Maçonnerie, elle prenait calmement la parole pour rappeler les fondamentaux, elle pesait tous ses mots car elle savait que plus personne n'avait le droit de parler après elle sur ce sujet ce soir-là : « *C'est le privilège de l'Oratrice, disait-elle en riant, j'ai toujours le dernier mot sur le fond ! Mais du coup, je n'ai pas droit à l'erreur ! »*

Léa G. sa petite-fille

Ma mamie je l'adorais. Elle ne voulait surtout pas que je l'appelle « mamie » bien sûr, mais simplement « Sarah ». Elle me disait toujours: *« Moi, je t'appelle Léa, alors toi tu m'appelles Sarah. OK ? »*.

Le mieux c'était quand j'allais manger chez elle le mercredi à midi, et qu'on passait tout l'après-midi ensemble.

Déjà on avait discuté du menu toute la semaine précédente, puis on était allées le matin au marché de la rue Mouffetard (*« à la Mouffe pour la bouffe »*, disait-elle) : là on avait tout regardé, soupesé, commenté, comparé, discuté avec les marchands qui la respectaient tous, mais la chambraient quand même pour lui faire plaisir : *« Mme Goldstein, vous allez encore me ruiner aujourd'hui, vous abusez : vous savez que je suis obligé de vous le vendre à un vil prix, parce que vous êtes Prix Nobel de Chimie, et que je suis juif moi aussi, et que c'est un honneur pour moi de vous vendre ma marchandise ; mais ça, ça reste entre nous bien sûr : on ne sait jamais, s'il y a une nouvelle rafle style Vél d'Hiv... »*

Elle adorait les légumes, les poissons, les fruits, les aromates, et toutes les choses bizarres et exotiques, avec des couleurs et des odeurs étranges. Elle me disait toujours : « *On sait pas trop ce que c'est, mais on va l'acheter et puis on regardera sur internet pour la recette* ». Elle adorait toucher, palper, soupeser, flairer, goûter : on aurait dit que ce marché éveillait tous ses sens et excitait toutes ses papilles.

Les gens autour de nous disaient tous, admiratifs, que c'était une tronche, une grande intellectuelle, mais moi je savais bien qu'elle était aussi tout autre chose : une jardinière, une cuisinière, une femme de goûts et d'odeurs, de toucher et de caresses, capable de rester des heures figée devant un papillon endormi au soleil, ou devant une araignée en train de tisser sa toile, devant un coucher de soleil sur la mer ou devant un verger de cerisiers en fleurs.

Tout l'intéressait, et elle me montrait toujours pourquoi tout était intéressant, surtout les choses auxquelles les gens normaux ne s'intéressent jamais.

Quand j'étais avec elle, elle n'arrêtait pas : je lui racontais d'abord ma journée, ma semaine, mes questions, mes doutes, mes interrogations.

Elle m'écoutait avec attention, et puis après c'était parti : elle se mettait à me parler calmement, et là c'était l'extase : ça pouvait durer des heures. Personne ne me parlait comme elle. De tout. En me montrant tout de suite très clairement pourquoi les trucs que racontaient mes copines ou la télé ou les autres ne tenaient pas debout. C'était miraculeux : le mercredi je comprenais tout.

A la fin elle me disait : « *Bon, ça suffit pour aujourd'hui, tu as eu ta dose, il te faut le temps de bien assimiler tout ça jusqu'à mercredi prochain* ». Mais moi je n'en avais jamais assez, j'en redemandais encore et toujours. Un seul mercredi par semaine c'était trop frustrant. Alors elle m'avait autorisée à lui envoyer des questions par mail, mais pas après vingt heures : c'était le couvre-feu. Elle me renvoyait toujours une réponse avant que je parte à l'école le lendemain matin. Mais on en reparlait quand même le mercredi suivant.

Aucune de mes copines n'a eu une mamie comme ça : dans la vraie vie, ça n'existe pas.

David G. son frère

Je suis toujours resté à Marseille. J'ai toujours été fidèle à ce quartier de Bonneveine avec ses vues magnifiques sur les rochers blancs de Marseilleveyre. Je me sens protégé dans ce cocon avec la montagne derrière, qui me couve, et la mer devant qui me propose le voyage, le Château d'If et les îles du Frioul, et le coucher de soleil derrière. Tranquille à Marseille, heureux à Marseille, contrairement à tout ce que racontent les Parisiens et les abrutis des télés. C'est le Sud, la Méditerranée, le bout de la France face à l'Afrique, le soleil, l'accent, les rires, les vannes, les bruits et les odeurs de la rue : tout ce que j'adore. La vraie vie.

Chaque fois que Sarah venait me voir, je lui faisais redécouvrir Marseille, les petites criques, les petits restos, les collines autour avec chacune un point de vue différent sur l'immense ville blanche au fond de sa rade.

C'était très particulier pour elle, cette ville où elle avait vécu neuf années de bonheur parfait avec moi, nos frères et soeurs et avec nos deux parents ; puis le malheur absolu avec la déportation de nos parents et la séparation de nos frères et soeurs dispersés ici ou là pour les mettre à l'abri d'une rafle. Une ville qui aurait pu être merveilleuse pour elle s'il n'était pas arrivé cette horreur.

Elle me disait parfois que pendant toutes ses années d'études à Paris elle s'efforçait de ne pas penser à tout ça, ni aux nazis ni à Marseille. Elle s'interdisait de prononcer même les mots. Elle avait tout verrouillé pour survivre ; alors les Allemands, les Juifs, les camps, elle n'en parlait jamais, comme certains survivants de Buchenwald ou d'Auschwitz qui sont devenus muets sur ce « petit détail ».

Ce n'est que peu à peu qu'elle avait pu accepter de revenir à Marseille, de repasser par la rue Dragon, par la rue Paradis, la rue Breteuil, la rue Mermoz, le Vieux Port et la Canebière. La lumière, les odeurs et les bruits lui ramenaient la ville de son enfance. Mais à chaque fois revenaient aussi ces images de la Libération de Marseille le 29 août 44, et sa course éperdue d'espoir dans la foule à la recherche de ses parents jusqu'à la nuit tombée. La ville du bonheur parfait était devenue pour elle la ville de l'horreur absolue.

Alors j'essayais de l'apaiser, de l'apprivoiser, de lui proposer à nouveau Marseille vivante par petits bouts, à doses homéopathiques : une bouillabaisse chez Jeannot au vallon des Auffes, des pieds et paquets chez Madie des Galinettes sur le Quai du Port, ou des pâtes aux palourdes chez Toinou au Cours Saint-Louis. Les goûts de ces aliments mythiques la réconciliaient un peu avec cette ville où elle avait vécu le pire.

En 1996, après le Nobel, elle avait même accepté de faire une conférence à Luminy pour les étudiants en sciences, et je crois que c'est là qu'elle s'était vraiment réconciliée avec Marseille, parce qu'il y avait, massés dans l'amphi, entassés sur toutes les marches, tous ces jeunes attentifs, de toutes les origines, débordant d'admiration pour l'une des leurs venue de la rue Dragon et couronnée à Stockholm, pleins d'enthousiasme pour les chemins qu'elle leur ouvrait et de gratitude pour la confiance qu'elle leur faisait. Elle avait passé ensuite toute la fin de la nuit à discuter avec eux à la cafétéria et je l'avais raccompagnée éreintée, empestant la fumée, mais radieuse.

« *Tu vois David, m'avait-elle dit au retour dans la voiture, c'est vraiment ça qui me plaît, la vie, la jeunesse, l'intelligence, l'envie de faire avancer les choses, de chercher, de comprendre, de se rendre utile ! Pourquoi la télé ne nous parle jamais de ces jeunes-là ? Ils existent eux aussi, bon sang ! A en croire la télé on dirait que tous les jeunes en France sont avachis à fumer leur joint devant leurs jeux vidéos, ou à tirer à la Kalachnikov sur la bande rivale. J'en ai marre de la télé. C'est une invention géniale qui a été détournée et accaparée par des cons et des salopards, et qui, au lieu de devenir l'outil de l'éducation et de l'émancipation des masses, est devenue l'arme majeure de la décérébration massive, dans tous les pays.*

C'est pareil avec Internet. Nous, les scientifiques, on invente des outils géniaux de communication, et aussitôt les autres nous les piquent pour les mettre au service de leur pulsion de domination, de profit et de contrôle.

Nous pourrions diffuser des idées, des réflexions, des oeuvres d'art, de la culture, des savoirs et des connaissances, et au lieu de ça on nous abreuve d'images chocs, de scoops, de buzz, de clips, de slogans, de marchandises inutiles à acheter de toute urgence et de jeux débiles. La télé c'est l'inverse de la vie.

Ce soir, heureusement, j'ai rencontré la vraie vie à Luminy ! »

Emmanuelle A. sa copine de l'atelier Théâtre

Quand elle s'est inscrite à mon atelier théâtre en 2002, Sarah avait 67 ans. Elle sortait déjà d'une première chimiothérapie. Elle était épuisée, amaigrie, essoufflée, mais elle me dit d'emblée : « *J'ai toujours rêvé de faire du théâtre et je n'en ai jamais eu le temps. Alors maintenant que je suis à la retraite ça devient urgent. Il faut que j'apprenne vite à me tenir debout campée sur scène, à poser ma voix et à balancer les décibels tout en articulant la langue, à bouger, à chanter aussi. Ça fait beaucoup tout ça ! Vous croyez que nous pourrons y arriver ? Parce que vous vous en doutez en me voyant, mon temps est compté.* »

Elle était la plus âgée du groupe mais elle s'intégra très vite et joua même de son âge lors des séances d'improvisation. Les plus jeunes étaient impressionnés par son dynamisme et son charisme. Elle ne craignait pas le ridicule et se mettait en avant en prenant tous les risques et en accentuant le trait. *« J'ai toujours bridé ma tendance hystérique, alors là, puisque je suis autorisée à la laisser enfin s'exprimer, je ne me gêne plus. J'en parlerai à mon psy : ça le fera rire. Il me disait depuis le décès de Nathan que l'expression corporelle et le théâtre me feraient du bien. C'est vrai que ce cancer m'a brutalement mise à l'écoute de mon corps, chose que j'avais refusé de faire pendant des années : mon corps devait se plier et obéir à ma volonté et aux obligations que je me fixais. J'avais décidé que mon corps avec ses faiblesses ne pouvait être qu'un obstacle sur la route de mes projets, qu'il n'avait rien à me dire, et surtout pas à me rappeler mes limites. »*

Elle n'hésitait pas à donner son avis sur les textes que je proposais comme exercice ou comme spectacle de fin d'année. Elle aimait bien les textes forts en gueule, qui dénonçaient des situations politiques injustes, qui se plaçaient du côté des dominés : les noirs, les femmes, les immigrés, les homosexuels, les enfants, les animaux, les fous. Mais elle aimait par dessus tout les vrais textes poétiques où la langue prenait le dessus et où on arrivait à oublier presque de quoi il était question tant la magie du son était prenante.

Christine D. une copine de loisirs

J'habite depuis des années rue Cuvier entre la Fac de Jussieu, où j'enseigne la biologie cellulaire, et le Jardin des Plantes. Avec Sarah nous sommes presque voisines.

Elle passait souvent chez moi pour m'emmener avec elle marcher ou courir autour du Jardin. Les jours de grande forme nous descendions jusqu'au Luxembourg et regardions au passage une exposition. Elle a toujours couru, sauf après 2001 ; là il y a eu une vraie cassure dans sa vie, mais elle continuait à marcher un peu tous les jours dans ce quartier du 5°qui était notre village.

Souvent les après-midi pluvieux elle me traînait jusqu'au cinéma, dans les petites salles rue de la Huchette, rue Champollion ou rue des Ecoles. On revoyait nos films cultes des années soixante, nos noir et blanc des années 40, mais elle me faisait aussi découvrir le cinéma coréen, iranien, argentin ou israélien.

Nous parlions beaucoup après le film, attablées devant un thé place de la Sorbonne, au milieu des étudiants. Nous nous repassions nos souvenirs de mai 68 et riions comme des folles. C'étaient des moments magiques, volés à nos dures journées de recherche ou d'enseignement, des escapades entre filles qui nous maintenaient dans la légèreté de la vie.

Ce qu'elle aimait par dessus tout c'étaient les grandes expositions de peinture au Grand Palais, à l'Orangerie, à Beaubourg, au musée d'Orsay ou au Louvre.

Elle était toujours émerveillée, restait de longues minutes à scruter un tableau de près, de loin, puis repassait le voir au bout de deux heures, après avoir fait le tour des autres salles.

C'était l'excitation de la découverte quand elle tombait sur une toile exhumée d'une collection privée ou des esquisses au fusain sorties des caves des petits musées étrangers.

Les Flamands, les Impressionnistes, les Fauves, elle dévorait tout, ne saturait jamais.

Elle s'arrangeait toujours pour prendre quelques photos en douce quand le gardien avait le dos tourné ; et elle les imprimait de retour chez elle sur du papier photo A4, pour les encadrer dans son bureau. C'était son petit musée de la rue Monge.

Laurent C. un voisin de palier

J'avais acheté rue Monge l'appartement en face de celui de Sarah et Nathan, sur le même palier, au 4° étage. Ils m'avaient accueilli tout de suite comme un copain à qui on pouvait proposer un apéro impromptu, prêter un bouquin, demander de la moutarde ou des cornichons, sans que ça fasse une affaire d'Etat. Ils s'inquiétaient pour moi. Ils voyaient bien que ma vie privée n'était pas facile, que je rentrais souvent seul le soir ou que les jeunes copains qu'ils croisaient parfois le matin sur le palier changeaient souvent. Jamais ils ne me posaient de question sur tout ça : ils sentaient bien que c'était à vif chez moi, et que je le vivais mal.

Ils me proposaient souvent de venir manger avec eux lors de leurs repas d'anniversaire, ou pour les réveillons officiels dont ils se moquaient ouvertement, mais dont ils sentaient aussi que c'étaient des soirées dures pour moi, épouvantables même, quand je me retrouvais seul à regarder mon plafond en entendant les éclats de rire dans les autres appartements.

Puis il y eut le décès de Nathan. J'ai assisté aux obsèques par amour pour eux, mais je n'aurais peut-être pas dû : je me suis effondré comme une loque, et je n'ai été d'aucun secours pour elle. Au contraire, c'est elle qui est venue me relever et m'entourer les épaules de ses bras comme un enfant que l'on console. J'ai été vraiment nul.

Les années suivantes j'ai accumulé les ennuis de santé : diabète, pneumonies, troubles du rythme cardiaque, oedème pulmonaire...

Puis, un jour, de retour de l'hôpital, je n'ai plus eu envie de rien. Je me suis enfermé chez moi. J'ai peu à peu oublié de manger à heures régulières, puis de manger tout court. Je ne me suis plus déshabillé pour dormir, je ne me suis plus lavé ni rasé, je n'ai plus fait vaisselle ni ménage ni lessive. J'ai laissé s'accumuler dans mon appartement tout ce que j'aurais dû mettre à la poubelle et descendre trois fois par semaine. Je pense maintenant que les voisins ont dû être gênés par l'odeur.

Je sentais que Sarah s'inquiétait : elle sonnait très souvent à ma porte, me demandait si j'avais besoin de quelque chose ou si je voulais bien venir avec elle faire des courses.
Je la rassurais toujours à travers la porte en disant que je n'étais pas encore habillé mais que j'allais bientôt descendre.

Et puis un jour elle a sonné à ma porte et m'a dit : « *Laurent, il faut absolument que je te parle* ». J'ai ouvert et je l'ai vue là sur le palier avec trois inconnus. C'étaient les services sociaux de la Mairie qui avaient daigné se déplacer suite à ses nombreuses démarches pour prendre en charge un « syndrome de Diogène » comme ils disent.

« Je suis vraiment désolée, Laurent, d'avoir dû prendre cette décision, mais je ne pouvais plus attendre : tu es en danger, à la dérive, et je ne suis pas sûre que ce soit un choix lucide et délibéré de ta part. Alors j'ai tranché à ta place, et je m'en excuse, mais je ne peux pas te laisser mourir seul de l'autre côté du palier. »

Ils m'ont amené à l'hôpital, en gériatrie, puis en convalescence, puis en maison de retraite.

Elle est venue me voir tous les jours, et, malgré mes remerciements, elle s'excusait sans cesse de m'avoir fait ce qu'elle percevait encore comme une violence contre mes choix de vie ou de non-vie.

Voilà.

Elle était comme ça Sarah.

Pierre K. son généraliste

Des généralistes, elle en avait épuisé plusieurs avant de me rencontrer.

Déjà au temps de son compagnon qu'elle a toujours accompagné en consultation, jusqu'à la fin. Et puis ensuite, quand son cancer à elle a été diagnostiqué en 2001, j'ai tout géré après qu'elle se soit séparée avec fracas de mon prédécesseur qu'elle avait déclaré définitivement incompétent.

J'ai géré comme j'ai pu, je l'avoue : je n'avais pas l'habitude d'une ana-path aussi singulière ni d'un traitement aussi moderne et sophistiqué. Mais bon, avec l'Institut Curie je me suis toujours bien entendu : ils assurent dans le suivi des patients et ils prennent le temps de discuter longuement avec leur médecin-traitant pour que tout le monde soit sur le même langage et aille bien dans la même direction.

Elle venait me voir surtout pour le suivi pneumo dès qu'il y a eu des métastases, pour la fatigue après les séances de chimiothérapie, ou pour les insomnies lors des traitements à la cortisone.

Et puis pour bavarder aussi de choses et d'autres, de l'actualité, de la Sécurité sociale, du tiers-payant, des mutuelles, de la recherche en oncologie. Tout l'intéressait et beaucoup de choses la scandalisaient. Elle était toujours prête à partir en guerre, malgré sa fatigue.

Ses bêtes noires étaient les banquiers et les traders qui avaient recommencé à spéculer sur les matières premières et l'immobilier après avoir été renfloués, alors qu'ils nous avaient précipités au bord du gouffre une première fois en 2008.

Les dirigeants en général, surtout ceux des multinationales, des grosses entreprises du

CAC 40, des institutions européennes, du FMI, de la BCE, des partis politiques, des syndicats, lui inspiraient le plus profond mépris : ils marchaient tous selon elle à la mégalomanie, au narcissisme, à la paranoïa, aux manoeuvres claniques, à la soif d'admiration, d'argent et de sexe, et partageaient tous une vision à très court terme en ce qui concerne l'avenir de notre planète.

« Tout cela manque de souffle », disait-elle en riant lors de ses épisodes de dyspnée, et dans ces moments-là elle se déclarait « gaullienne », elle qui avait été une anti-gaulliste militante de 1958 à 1969.

André B. son oncologue

Sarah, elle était terrible. Dès qu'elle déboulait dans mon Service à l'Institut Curie, c'était la panique chez les secrétaires médicales, les infirmières et les internes. On aurait dit qu'elle passait en inspection tout l'Institut ! Elle disait en riant qu'elle se sentait un peu chez elle ici, comme si elle prenait la succession de Marie Curie !

Elle ne laissait rien passer, elle avait des questions sur tout, elle demandait des justifications sur tout, elle voulait connaître les différentes options thérapeutiques, les effets secondaires des unes et des autres, les statistiques de rémission et de guérison, les coûts des médicaments, tout quoi !

Et puis, ce qui terrorisait tout le monde c'était le dossier jaune qu'elle avait sous le bras et qui contenait toutes les photocopies de son dossier médical, toutes les étapes de sa maladie, les diagnostics et les traitements. Personne n'en savait autant qu'elle sur sa maladie. Elle revendiquait pour le malade le droit de gérer lui-même sa maladie, après qu'on lui ait fourni toutes les informations nécessaires et toutes les options. *« C'est un des droits de l'homme ! »* affirmait-elle souvent.

Avec moi c'était l'amour vache, parce qu'elle m'avait quand même choisi à cause de mes publications, de mon charisme à l'Institut Curie et du feeling qui passait entre nous. Elle m'aimait bien et me le faisait sentir.

Mais elle s'amusait aussi à me coincer parfois et me forçait à dire que je ne savais pas ou que je prenais un risque que moi je jugeais raisonné, mais qu'elle jugeait un peu inconsidéré. C'était son petit plaisir sadique et narcissique.

Et puis elle me disait très clairement qu'elle n'en avait pas spécialement contre moi mais contre le corps médical dans son ensemble, qui voulait selon elle continuer à user de sa position de pouvoir-savoir, de son ancien prestige et en imposer par sa prétendue science comme ceux du XVII° siècle : « *les Diafoirus !* » disait-elle.

Bref, ma seule ligne de survie était la transparence totale, l'aveu de mes faiblesses, de mes interrogations et des limites de mon savoir : à ce prix-là j'avais la paix, et même parfois des marques de sympathie sinon de compassion.

« *Mais après tout, me disait-elle, c'est moi la malade, je ne vais pas non plus me mettre à plaindre mon pauvre oncologue !* ».

Isaac F. son psychiatre

Sarah m'avait choisi comme psychiatre en janvier 2000, à une période où elle était très angoissée et déprimée par l'état de santé inquiétant de Nathan, son compagnon.

Je ne lui avais été recommandé par personne. Elle m'avait simplement donné comme raison de son choix : « *A prendre un psychiatre, autant qu'il soit Juif et qu'il habite rue Jacob !* »

Le ton était donné. Toujours dans les piques humoristiques qui lui servaient de défenses assez efficaces contre cette douleur psychique qui la rongeait.

Elle se préparait à l'inéluctable : le départ programmé de Nathan et la nouvelle « vie » qui l'attendait, dans le deuil et la solitude amoureuse. Elle savait que sa vie entière allait basculer dans quelque chose de radicalement autre, qu'elle n'était pas prête à affronter, quelque chose de glauque et sans saveur : le sel de la vie allait la quitter, et elle devrait tenter de survivre juste pour sa fille et sa petite-fille, mais, même pour elles qui étaient ce qui lui restait de plus cher au monde, elle n'était pas sûre d'arriver à le faire.

Dès le début de nos entretiens, et malgré le ton enjoué, nous savions tous les deux que dans ce cabinet il s'agirait désormais de ça : une question de vie et de mort physiques, de vie et de mort psychiques surtout. Elle m'avait choisi pour l'accompagner dans ce voyage, pour l'aider à tracer son itinéraire, pour lui tendre un miroir qui puisse lui renvoyer les évidences qui lui échappaient, et pour formuler les phrases indicibles à sa place, en mettant des mots sur l'innommable.

Elle espérait que je serais à la hauteur de son angoisse et de ses attentes.

Ce voyage nous l'avons entrepris avec une grande complicité, tant nous nous reconnaissions de points communs et d'affinités, et nous l'avons poursuivi après le départ de Nathan, dans la douleur et la tristesse, dans les souvenirs joyeux aussi, ponctués par des effondrements en larmes, tant l'évocation de ces moments anciens pleins de vie, de rires et de chants, rendait le moment présent affreusement vide.

Si le mot « empathie » peut avoir un sens en psychothérapie, il doit correspondre à ce que j'ai ressenti avec Sarah : une proximité-distance avec le sentiment très clair que c'était bien un voyage à deux que nous avions entrepris, et que j'en sortirais moi aussi profondément modifié.

Elle me bousculait parfois quand elle trouvait que mon attitude, mes silences ou mes paroles étaient trop convenus ou auto-protecteurs, et qu'ils ne l'aidaient pas à avancer assez vite.

Elle travaillait dans l'urgence et avait peur de devenir folle si elle n'arrivait pas à métaboliser tout ce magma d'émotions. Elle me l'avait clairement dit à la fin d'une séance, sur le pas de la porte : « *Vous savez, méfiez-vous : j'ai déjà fait une bouffée délirante en 1960... »*

Tout le monde la jugeait forte, dynamique, capable de survivre à tous les traumatismes, résiliante ; mais elle connaissait bien ses failles et ses faiblesses ; elle sentait bien que le départ de Nathan avait ouvert une brèche dans laquelle elle risquait de sombrer comme dans un trou noir. La somatisation par le cancer, la folie ou le suicide étaient trois voies qu'elle envisageait lucidement et sans crainte. Allions-nous réussir à en tracer une quatrième ?

Je dois avouer que la solution qu'elle a finalement choisie m'a dans un premier temps abasourdi, puis surtout épaté ; et en même temps, que j'ai été quand même un peu vexé de ne pas avoir été mis dans la confidence, comme si elle se méfiait de moi aussi.

Pourtant, quand j'y réfléchis, elle m'avait dit une fois, toujours au moment de nous séparer, sur le pas de la porte (c'est là que les phrases les plus signifiantes sont en général prononcées) :

« Si un jour j'en étais réduite à me suicider, j'essaierais de me suicider utile et pas juste pour moi ; ça serait dans ma logique, non ? »

Sarah Goldstein (1935 - 2014)

Née à Marseille en 1935. Ses deux parents sont juifs ashkénazes : sa mère est pianiste, son père journaliste. Ils habitent rue Dragon, dans le 6° arrondissement.

12 novembre 1942 : les Allemands envahissent Marseille.

22 Janvier 1943 : les Allemands commencent, accompagnés de la police nationale dirigée par René Bousquet, la grande rafle de Marseille. Ils vident le quartier du Panier de toute la « vermine » qui s'y terre. Puis, à la demande de Bousquet, ils élargissent l'opération de purification au-delà du 1er arrondissement. Ils iront donc nettoyer aussi les beaux quartiers de toute la « vermine riche » : le 23 janvier c'est le quartier de l'Opéra qui est visé, où vivaient de nombreuses familles juives à cause de la

proximité de la grande synagogue de la rue Breteuil.

250 familles sont délogées au petit matin, brutalement, par les hommes de main de la pègre embauchés par les pétainistes.

2000 juifs au total arrêtés et déportés directement vers des camps d'internement, en particulier Compiègne, expulsion globale de tout le quartier nord du Vieux Port, puis destruction totale de ce quartier par dynamitage.

Deux jours avant la rafle, ses parents confient Sarah à une voisine et amie de la rue Paradis, madame Romieu, parce qu'ils savent qu'ils vont être arrêtés incessamment.

Ils confient leurs autres enfants à différentes familles catholiques du quartier.

La voisine la cache chez elle au milieu de ses enfants et la fait passer pour sa nièce. Elle l'inscrit à l'école Jean Mermoz sous le nom d' Hélène Romieu.

Ses parents, déportés à Buchenwald, n'en reviendront pas.

15 août 1944 : Débarquement en Provence.

Les Allemands font sauter toutes les installations portuaires de Marseille.

23 août 1944 : Marseille est attaquée par les tirailleurs de la 3° division d'infanterie algérienne, par les 3 groupements de tabors (goumiers) marocains et par la 1° division blindée. 5 jours de bataille au corps à corps pour arriver à déloger les Allemands de la colline de Notre Dame de la Garde et du Vieux Port.

28 août 1944 : Capitulation du Général Schaeffer.

29 août 1944 : Le Général de Lattre de Tassigny (après avoir fait la moue devant les tirailleurs algériens qui lui rendaient les

honneurs) assiste tout de même au défilé de l'armée d'Afrique sur la Canebière.

1945 à 1951 : Sarah fait ses études secondaires à Marseille au Lycée Thiers. Bac en 1951.

1952 : Part à Paris vivre chez une tante pendant qu'elle fait sa Prépa à Henri IV.

1953 : admise à Normale Sup. Etudes de Chimie.

1959 : Thèse de Doctorat au labo de Normale Sup sur la chimie de la stratosphère.

1960-1963 : Post-doctorat au MIT : travaille sur les couches supérieures de l'atmosphère.

1964 : Enseignant-chercheur à Normale Sup : chimie des gaz.

1965 : Rencontre un économiste, Nathan Lewin. Vivront ensemble sans jamais se marier jusqu'au décès de celui-ci en 2000.

Mai 1968 : Naissance de leur fille Anna, au milieu des barricades.

1995 : Prix Nobel de Chimie « *pour ses travaux sur la chimie atmosphérique, en particulier concernant la formation et la décomposition de l'ozone* ».

1996 : Elue à l'Académie des Sciences.

1998 : Prend sa retraite.

2000 : Décès de son compagnon Nathan , d'une longue maladie.

2001 : Naissance de sa petite-fille Léa.

Cancer du sein diagnostiqué en 2001. Chirurgie, radiothérapie, puis alternance :

chimiothérapie-rémission-récidive. Suivie à l'Institut Curie.

Depuis 2013 elle se sait condamnée à très court terme à cause des métastases, souffre beaucoup, est exténuée, ne peut se déplacer qu'en fauteuil roulant, mais ne veut pas être endormie progressivement sous morphine. Veut rester lucide jusqu'à la fin.

Invitée au « 44° World Economic Forum » de Davos (Suisse, canton des Grisons) du 22 au 25 janvier 2014, pour parler en séance plénière du « *rôle possible de la recherche fondamentale dans la protection de l'environnement et la lutte contre la malnutrition.* »

Son intervention est prévue le 24 janvier 2014 à 15 heures.

Répliques

9 novembre 2017 :

Trois ans et neuf mois après l'attentat de Davos, la plus vieille déléguée au Congrès quinquennal du Parti Communiste Chinois, Mme Mei Yuang, 82 ans, chimiste célèbre, professeur émérite de l'Université de Shangaï, se fait sauter avec une ceinture d'explosifs de dernière génération qu'elle avait confectionnée elle-même, après être montée à la tribune pour prononcer un discours sur l'avenir de la recherche en Chine, lors de la cérémonie de clôture du Congrès.

2270 délégués, 586 blessés, 127 morts sur les 200 membres du Comité Central plus les 25 membres du Bureau Politique du PCC, présents à ses côtés à la tribune, tous décédés.

La Chine entière, décapitée, est plongée dans le chaos, et les révoltes de toutes les provinces contre l'oligarchie communisto-capitaliste se multiplient.

24 mars 2018 :

Quatre ans et deux mois après Davos, une mamie de la Cité de la Castellane, au Nord de Marseille, Mme Bendjeddou, 79 ans, dont tous les petits-fils ont été éliminés en trois ans à la Kalachnikov par les bandes rivales, se fait exploser dans l'arrière-salle du « Balto »un bar proche du cours Belsunce, près du Vieux Port, où étaient réunis pour la soirée tous les plus gros caïds des quartiers Nord, afin de discuter de leurs affaires et du partage du territoire, après avoir regardé un match crucial de l'OM contre le PSG.

Elle avait apparemment été bien renseignée sur l'heure et le lieu de cette réunion, et, connaissant bien le patron, s'était faite engager pour leur préparer son fameux couscous. Ce genre de réunion au sommet n'existait plus par superstition ou mesure de sécurité, depuis la fin des mafias corse et italienne.

Aucun survivant.

Elle laisse à « *La Provence* » une lettre où elle explique avoir obtenu sa ceinture d'explosifs en disant aux fournisseurs qu'elle projetait un attentat contre la synagogue de Marseille.

Elle y affirme aussi avoir fait oeuvre de salubrité publique : en supprimant tout compte fait juste une quarantaine de personnes (les caïds et leurs seconds couteaux), elle dit avoir fait plus pour la ville de Marseille que toutes les polices réunies depuis 1945, depuis que les quartiers Nord ont été livrés volontairement à la pègre par les maires successifs.

24 avril 2019 :

Cinq ans et trois mois après Davos, soeur Scholastique, 71 ans, responsable de l'économat et de la restauration au Vatican, se fait exploser en plein Conclave pour l'élection du futur Pape, dans la résidence Sainte-Marthe, derrière la Chapelle Sixtine, pendant le repas du soir.

Aucun survivant parmi les 120 Cardinaux électeurs.

Elle laisse au « *Corriere della Sera* » une lettre expliquant l'origine de ses explosifs et dénonçant « *le machisme, la gynophobie, la misogynie et le phallocentrisme mielleux et condescendants des hauts responsables de la religion catholique romaine, mais aussi de ceux des autres religions, en particulier hébraïque et musulmane, qui n'ont rien à leur envier à ce niveau* ».

TABLE

www.ingramcontent.com/pod-product-compliance
Lightning Source LLC
Chambersburg PA
CBHW071400170626
46811CB00003B/1197